木漏れ人

原 満三寿

句集

Hara Masaji
Komorebito

深夜叢書社

木漏れ人　目次

カバー写真
AlonaPhoto

装丁
髙林昭太

句集

木漏れ人

こもれびと

原満三寿

木漏れ人

群生海はぐれて往くや木漏れ人

草木とともに

切株の幻樹に巣くう空の碧

無神の木　手負いの風を睡らせる

まみどりの少女と古木の刻ながれ

梅古木まず一輪を仇っぽく

天狼を仰いで裸木　科つくる

木枯しへ枯木の骸が見得をきる

夏ケヤキ悪党伝をめぐる微風

裸木の放射神経　蒼空を刺す

綻びの疼きにおどろく老桂

山椒魚《はんざき》と巨木が怖れるおのが影

凩や巨木の裏で立ち小便

凩や湖面を嗤いころげ逝く

声あげて目覚めた川をのぞく野火

渓の川おのれがおのれを溺れさせ

冬蠅や死は鞠躬如と叩頭し

冬の蠅　生のくささに辟易す

冬ざれの川底に巣くう夕あかね

炎帝の午後のだるさを蟻が曳く

カッーとくる西日に黒蟻けしきばむ
蟻地獄のぞけば沖縄《ウチナー》のガマが見え

ミジンコもメダカもおどける春の午後

ミジンコのてんやわんやぞ夏の午後

八十年とメダカいっぴき秋の午後

ヒメダカと頻尿がいる冬の午後

ほしかげや楊貴妃メダカよく游ぶ

・楊貴妃メダカ＝飼育種の赤いメダカ。

アメンボウと游ぶいっとき我でなく

愛欲るや飛んで源五郎　焼身す

まほろばの螻蛄のバンザイ国威なし

蒙古斑に虻のぶんぶんブーメラン

雪ひそとミツバチひそひそ春よ来い

遺された小径やしみじみシジミチョウ

海やけて甍をすべる蝶一頭

椅子たたむ揚羽は晩夏の翅たたむ

百尺竿頭　ででむし翔る有頂天

雛の夜や三毛も立派にぐれるかな

底なしの春にとびこむ猫っかぶり

侘助やスイートピーや猫とんだ

炎熱の坂をあえいで延び～る野犬《のら》

藤の闇のんで捨て犬うずくまる

心象や影のかたちに寒立馬

花の屑われさき泥に食いこみぬ

嘘つきは生もの生きず春の泥

春泥に溺愛されし土竜の尸

山寺の鐘も訛や泥あそび

たてがみになかなかなれないナナカマド

ユリイカす丸石をだく空気の巣

まっ青に信濃の森に病める鯉

からすうり裏磐梯にかくれなき

月光のエーテル村のウツボカズラ
虫すだく老人村はにこにこす

鈴虫の村に老いたる柚のばか

洋梨のくびれにこだわる老いた風

はるとうげ未完発情こえられぬ
すみれさく無限連山めざめたる

死火山をのぞんで一人静なる
満開のおのれに囚わる紫木蓮

月下美人　闇に泥むとすぐ喘ぐ

縁側のぼくカマキリできみカボチャ

奇形トマト　勝手の闇に鬼火する

ぼくもみた媚形大根ただならぬ

めぐる影

花半開　意馬心猿もまたたく間
またたく間〈木槿は馬にくはれけり〉

野ざらしを身にしむ過客いまどこに

その、何だ　いまも〈枯野をかけめぐる〉

ナタギリ峠　尿《ばり》をするにも音たてず
きみが来て紅葉の川ははしゃぐかな

況んや山　善人なおもて紅葉す
全山紅葉　仁王の出臍なお力む

春の橋　思い違いを微笑みぬ

夏の橋　情のたわごと囃したて

秋の橋　なきむし漢は放っておく

冬の橋　懺悔の旅を終わらせる

木の芽雨　書斎にねむい鱶と居る

新緑の書斎で聴きいる水の漏れ

野分後　書斎にすさぶ義民伝

老残の書斎にふわりと雪おんな

着ぶくれた書斎が終のガラパゴス

萩の径プラトニックーラブ濁りだす

萩の路地むこう三婆こぼれでる

三婆のひとりは笑窪でカリフラワー

ママーちゃりが風の辛夷へ投げキッス

マンサクや少年かける歓喜まで

杏の実　少女は淡しと咬む勿れ

風船をおっかけ帰らぬ通過儀礼

小火でいい出会いをせんと椿山

春おちば堕ちてはならぬ姉弟かな

来てしまった春の覚悟が夕陽あび

戻れぬとしりつつ謝寅《しゃいん》の二鴉でいる

病む友よズリ山さまよう黒い川

ズリ山や青っぱな天狗ちょうりょうす

バフリするズリ山の子は黒い風

・バフリ＝パッチ（メンコ）のとき袖風で払う裏技。

生国は砕山《ズリ》を枕に月ねむる

おもかげの背伸びを支えリンゴ狩り

笯竹に女難なしとて穴惑い

じゃじゃ馬の悲鳴を逐って驟《はし》り雨

迷い子よ何処まで行っても捨子花

人の網《い》に火宅か火車か彼岸花

死人花わたしら遺す核神話

核災忌　少女がしょんぼり佇っている

海震《ふ》れて原発狂《ふ》れて雁かえる

三月の海に死螢きて灯る

連翹なだれ海と墓域が睦みおり

うららけし墓誌の多恨も茫々す

鉦叩き葉陰にチンチンみな何処だ

万緑や悉皆被爆・・たったいま

万緑の闌けき絶頂・・ジェノサイド

万緑がケロイドと化すスキップも

万緑や無数の目瘢《めしい》に黒い雨

万緑は緑棺である粉黛す

病獣と雨の息きく万緑裡

被爆樹に万の空蟬・・炎あげ

被爆樹の看経となる蟬しぐれ

からだの象《かたち》

春の鼻　見知らぬ青娥が翅やすめ

夏の鼻　水平線にのせてみる

秋の鼻　焼けぼっくいを嗅ぎわける

冬の鼻　いっぴき狼に追いすがる

春の耳　水漏れ人かヒタヒタくる

夏の耳　〽草むす河馬ネと拝聴す

秋の耳　そばだてて聴く敗者の賦

冬の耳　立てて紅灯の小癪かな

泥でかく自画像の鼻うさん臭い

わが迦葉《かしょう》　拈華鼻笑もありぬべし

指折って仏かぞえて木瓜さいた

花ぐもり指に死臭がつきまとう

春の指しきりに柔毛の距離つめる

夭折の指がくいこむ水蜜桃

指ならす木の芽も羽化も連弾す

順に逝き秋天を撃つ二指の銃《ガン》

専制へあらがう指笛　木の芽風

炎天に拳固つき挙ぐ核いじり

とんがった胸まっ暗に四尺玉

薄い胸かつては揚羽も翔けのぼる

胸板を嗅いで晩夏を惜しみけり

胸みのる隣りのデコポンよくみのる

禿頭を歩いていいんだ冬蠅よ

禿頭の過去まで叩く鳩時計

祖《おや》からのお頭《つむ》ならべて桃しゃぶる

遠きの日の標本室に笑む頭蓋

蜜蜂に刺された頭いま固い
額を刺す夕陽へ十穴ハーモニカ

分身が首っ玉にきて二重虹

ふゆひばりポッケに入れる互いの手

膝の手にはぐれ夕陽かぽっと咲き

仏手柑　慧可断臂の隻手めく

なんとなく尾骨をときどきかんがえる

尾てい骨の境地はまだだまだだまだだ

脛たててつくづく脛をみていたり

曼珠沙華やたらに咲いた尻やせた

蔓つかみ天まで曝す喉仏

榛の木に干される眼窩　貧農史

椿山あっぱれルージュも婆に咲き

ややにごる婆の朱唇も過客かな

春ふたり　ひとりをだくに手をひろげ

秋ひとり　ふたりをわかつに背をむける

股のぞき紅葉は散らず昇天す

逢魔時　峠をぬける脚の群れ

老人秘抄

悪食して日に日に老いは鮮《あた》らしく

春昼やこれも遺伝子ひじまくら

菜の花や一夜二夜は老いを脱ぐ

菜の花や呆けも悟りぞ日は西に

老身を侔わり野菊をこまらせる

老臭が近づきすぎると風信子

熱病や駱駝の鼻が闇に浮く

熱のなか夜っぴて誰か戸をたたく

うとうとす微熱に羽虫ざわざわす

悪寒して粘菌迷路ふえつづけ

解熱してさっそく見にゆくチンアナゴ

菊におうぎっくり腰のぎっくりに

壮年や春に膨らむ筐あける

初老かな私《わい》の余所者きっとくる

残日をみすかし闌ける酔芙蓉

秋草がちかづき人語とおくなる

夜の帷おりると娑婆はワヤン＝クリ

・ワヤン＝クリ＝インドネシアの人形影絵芝居。

どこへ行こう？　ガムラン弾ける島の旅

・ガムラン＝バリ島などの伝統器楽合奏。

オカリナの千年鶴は峠《コゲ》を越え

・千年鶴＝パンソリ映画「風の丘を越えて」の主旋律。

熱帯夜　仏壇とびだす新仏

訃報また鴉と落暉を叱るかな

根深葱ひきぬくひとりは他界人

その死者と九十九里浜かけた焚火した

その死者はその手で北窓ふさぎたり

あの世でも冬眠の穴さがすのか

わが渡世　人も心猿もよく喰えり

わが臨終　絶句がひどく〈死にともない〉

わが死屍と一期一会や雪しんしん

わが老鬼　今宵もかたる百鬼夜行
月の街　ヘイトに怯える魑魅魍魎

陽炎をくぐって鬼女の巣窟へ
切通しこたびは鬼女を横抱きに

怪しきは鬼女が秘匿の鬼燻べ
鬼とねて火の匂いした目張はいだ

麦踏みや寝みだれ鬼もついて踏む

とりだしぬ火宅の匣から春の鬼子

霧のなか〳〵鬼さんこちらの鬼にされ
銀杏ふる鬼子に檻のごとくふる

風花や我を出てゆく老いた鬼子
鬼かえるロゴスにまぎれ娑婆の夜に

つぎは誰?

童顔の山から春のささやき師

春の水とり逃がしたる野暮天師

指切りの指を梢とす火遊び師

紅顔が剝がれてくれない黄昏師

虹霓師　苦界の汀を彩りぬ

桑海師　津々浦々に獏はなつ

みちのくの月ひゃっこいと人肌師

天高し空也を転がす六道師

衆妙もアケビもざっくり玄牝《げんぴん》師

葷酒して瓢箪ぶらぶら入鄽《にってん》師

・入鄽垂手（十牛図）

変面師　剝ぐや仮面に〈紐いろいろ〉

・変面師＝中国伝統芸能〈川劇〉の変面ショーの演者。

童面《わらべづら》〽はないちもんめ・・つぎは誰

春づらの女の顰みを問うなかれ

化外消し春づらで来る撥たたき

野ざらしを俳づららしきがひけらかす

魂消たり憂国づらに玉砕け

東風《こち》の娘《こ》やそぼ濡れ犬に誘われる

そうなってそれから微雨はいとおしく

南風の娘のかの日の嗚呼が背きたり
心なんてあってもなくても空の碧

西風の娘は未生以前から微香せり
人形やいつか火葬のその日まで

北風の娘か雪の地蔵に・・いづか逝ぐ

・庄内弁

雪の娘へ地蔵みかえり・・急《せ》ぐ勿《なが》れ

北国の秋の夏子に火照る爺

火照り爺　ホモ－モビリタスで縄文系

・ホモ－モビリタス＝人は移動する生きもの。

火照り爺　火照らぬ爺を捨てられず

落日に火照りも埋めて風が酒肴

木の芽どきホッチャレ爺い地図ひろげ

・ホッチャレ＝産卵を終え死んだ鮭。

魔がさしたホッチャレ爺いに二重虹

崖っぷちでホッチャレたちグルーミング

冬芽してホッチャレ爺いうろたえる

逃げ水に逃げられ傘寿・・佇ち泳ぐ

〽枯葉散る・・破れ傘寿の〽恋人よ

Tao と Mao 同床異夢を舞う胡蝶

・老子、毛沢東

斬られたる耳が聴いたる耳の悲鳴

・明恵、ゴッホ

髪みだし蒟蒻ちぎる子だくさん

・与謝野晶子

失いし乳房を与える花の業

・中城ふみ子

・加島祥造

無を為して独りがいいのさ晩晴館

・金子兜太

秋彼岸ややっ兜太はうんこかも

馬鹿の日に死んだおとこに「俳愚伝」

・西東三鬼

病妻に紅さすおとこに「人非人伝」

・金子光晴

・病妻（森三千代）の元彼が見舞いにくるというので。

椎嫩葉あびたることも残日録

・藤沢周平

黒い川に黒い雨ふる　寒いねえ

・井伏鱒二（満寿二）─原（満三寿）

木漏れ人

木漏れ日の褥でみんな声あげる

木漏れ日の青葉の柔毛が日をはじく

木漏れ日の風にふかれて何処へいこう

木漏れ日のおこぼれいただく木漏れ人

木漏れ人　羽化・啐啄に耳すます

木漏れ人　孵る声々ききわける

傷心の木漏れ人には花の微笑

残日の木漏れ人には風の慰撫

おこぼれは句《まが》った言語《げんぎょ》や俳乞食

文明を誤嚥しがちな俳乞食

俳乞食　憑依をするも等身大

俳乞食いまだにおのれを徘徊す

さ迷って葉ずれと唄って木魂する

紅葉して朽ちてゆくにも喜々として

女郎蜘蛛ゆびでつつけば夢うつつ

雨のなか河骨よりそい寂光す

青柿にはぐれ風きて照り映える
黄苺の微光を両手にいただきぬ

魚の道たぐれば濃くなる森の胎

満月のはらわたながす森の川

まっさおな宙の無辺へ　シマフクロウ

いのち灯す神《カムイ》の禽に森の慰藉

森の径あしたの羽音はどんな色

危機せまる森に倒木更新す

木漏れ人　絶滅危惧Ⅱ類かも
爪立ちす生死の淵を木漏れ人

地球《ぢだま》病む明日の森を夜が埋め

木漏れ日のひしめく朝《あした》はじまるや

木漏れ人　群生海に還るかな

あとがき

「主役は人ではなく大自然である。人はそのおこぼれに与って慎ましい生を得ているに過ぎない。」（「医師・中村哲73年の軌跡」BS1スペシャル）

これはテレビ番組で報じられた中村哲医師の言葉です。まったく私も同じ思いです。「木漏れ人」には、そんな寓意がこめられています。

この歳になりますと、俳諧は文学の一詩型にとどまらず、俳句を媒介とする生き方そのものに関わるものとおもうようになりました。大自然のおこぼれに与るさまざまな生こそが本然なのだとおもうのです。

ですから、老いることとは、老人力とは生の稔りとおもう一方、生のおこぼれともおもいます。

「おこぼれ」を直に句にした五章「木漏れ人」の一句、

おこぼれは句《まが》った言語《げんぎょ》や俳乞食

「句《まが》った」のルビは、見慣れぬものでしょうが、「句」という文字に曲がったという興味深い意味があるのを知って使ってみました。

「俳」も「句」も意味深な言語なんですね。

序章と終章にでてくる「群生海《ぐんじょうかい》」というのは、親鸞の言葉で、一切衆生のことといいます。

この言葉は、真宗の僧侶の玉光順正さんに教わりました。示唆にとんだ表現なので採らせていただきました。

玉光さんとは、かつて私の詩、「生は死を悲しみ／死は生を慈しむ／それが慈悲」（『白骨の海』『白骨を生きる』）、に目をとめてくださった以来のご縁です。

自句自解はあまりしないのですが、五章「つぎは誰?」で、金子兜太を詠んだ句、

秋彼岸ややっ兜太はうんこかも

は、兜太さんの俳句を知らない人にはなんじゃこりゃと思われるかもしれませんが、兜太さんの句、

長寿の母うんこのようにわれを産みぬ　『日常』より

を踏まえての句です。

ちなみに、金子光晴には、「恋人よ。／たうとう僕は／あなたのうんこになりました。」（「もう一篇の詩」『人間の悲劇』）、という衆妙なスカトロジーがあります。

少々慎ましさに欠けると自覚していますが、こんどの句集も、大自然はもとよりさまざまな世界の言葉や万象のおこぼれをいただいて成り立っているわけです。まさに俳乞食を僭称する所以でもあります。

今度の句集も、第一句集以来ずっとご支援いただいている齋藤愼爾さんと装丁の髙林昭太さんのご厚情のたまものです。ありがたいことです。

二〇二一年　葉月　　原満三寿

原　満三寿《はら・まさじ》

一九四〇年　北海道夕張生まれ

現住所　〒333-0834　埼玉県川口市安行領根岸二八一三―二―七〇八

略歴・著作

□俳句関係「海程」「炎帝」「ゴリラ」「DA句会」を経て、無所属

■句集『日本塵』『流体めぐり』『ひとりのデュオ』『いちまいの皮膚のいろはに』『風の象』『風の図譜』（第十二回小野市詩歌文学賞）『齟齬』『迷走する空』『木漏れ人』

■俳論『いまどきの俳句』

□詩関係「あいなめ」（第二次）「騒」を経て、無所属

■詩集『魚族の前に』『かわたれの彼は誰』『海馬村巡礼譚』『臭人臭木』『タンの譚の舌の嘆の潭』『水の穴』『白骨を生きる』

未刊詩集『続・海馬村巡礼譚』『四季の感情』

□金子光晴関係

■評伝『評伝　金子光晴』（第二回山本健吉文学賞）

■書誌『金子光晴』

■編著『新潮文学アルバム45　金子光晴』

■資料「原満三寿蒐集　金子光晴コレクション」（神奈川近代文学館蔵）

句集　木漏れ人

二〇二二年十一月二十二日　発行

著　者　原満三寿
発行者　齋藤愼爾
発行所　深夜叢書社

〒一三四—〇〇八七
東京都江戸川区清新町一—一—三四—六〇一
info@shinyasosho.com

印刷・製本　株式会社東京印書館

ISBN978-4-88032-475-3 C0092